RATUS POCHE

COLLECTION DIRIGÉE PAR JEANINE ET JEAN GUION

Le tableau magique

L'école de Mme Bégonia
- Drôle de maîtresse
- Au secours, le maître est fou !
- Le tableau magique
- Un voleur à l'école
- Un chien à l'école

© Hatier Paris 2003, ISSN 1259 4652, ISBN 2-218 74383-3

Le tableau
magique

❧

Une histoire d'Évelyne Reberg
illustrée par Arno et Waleterre

1

Notre maîtresse s'appelle Madame Bégonia. On l'adore. Elle a les yeux bleus, les joues roses, et elle rit au moins dix fois par jour.

Samedi, quand elle nous a annoncé qu'elle allait suivre un stage, il y a eu un grand silence. Aminata a demandé qui serait le remplaçant :

– Je ne sais pas, a dit la maîtresse. Mais je crois que c'est un grand bricoleur. On m'a dit qu'il a déjà inventé plusieurs machines pour tester les enfants.

– Merci bien ! a dit Aminata.

– J'espère que vous serez sages, pour une fois, a dit Mme Bégonia.

Oh, la, la ! On se sentait déjà perdus, sans notre maîtresse. Et on avait bien raison. Car ce qui s'est passé a été pire que tout ce qu'on aurait pu imaginer. On a tous failli mourir. Oui. Parfaitement. Et c'est moi, Léonard, qu'on appelle « Nanard-le-froussard », c'est moi qui ai sauvé la classe. Je vais tout vous raconter.

Ce lundi-là, le remplaçant a ouvert la porte. C'était un monsieur ordinaire : petit, maigre, vêtu d'une blouse grise. En guise de cartable, il tenait une mallette grise, en métal. Il n'était pas souriant comme Mme Bégonia. Oh ! non. Il ne cessait de froncer les sourcils d'un air fâché. Il a levé le nez pour observer la classe, les murs, le plafond, le tableau. Quand il a eu tout regardé, il nous a fixés, nous, puis il a déclaré :

– C'est bien vilain, ici.

Ensuite il s'est planté devant le tableau.

– Matériel nul ! Archi nul ! a maugréé le maître. J'en ai assez de ces classes minables…

Puis il a ajouté avec un quart de demi-sourire :

– Heureusement que j'ai amené du matériel dans ma camionnette. Voilà une bonne occasion de tester mon nouveau

Dans cette histoire, qui remplace madame Bégonia ?

tableau, le tableau Diabolo. Je l'ai conçu moi-même, j'ai mis des années à le mettre au point. Le tableau Diabolo interroge les élèves…

– Ah ! a fait la classe.

– …Il corrige les fautes !

– Ah ! a fait la classe.

On était émerveillés.

– …Il punit ceux qui se trompent !

– Ooooh ! a fait la classe.

On était épouvantés.

2

Quand le maître s'est absenté pour aller chercher son tableau, on n'a même pas chahuté. Un silence de cimetière régnait dans la classe. J'ai bredouillé :

– Co… comment un tableau peut-il nous pu… punir ?

– Peut-être qu'il nous mord ? a dit Aminata, avec un grand sourire.

Aminata dit toujours que rien ne lui fait peur. Même pas les garçons.

– Peut-être qu'il nous avale ? a dit Farid.

On s'est tu encore plus. On s'imaginait tous aspirés par un gros trou noir, un énorme tuyau qui s'enfoncerait jusqu'au centre de la terre…

– Peut-être qu'il a des bras qui sortent et qui nous font des guilis… a dit Benoît-casse-noix.

Benoît-casse-noix ne pense qu'à rigoler et à gigoter. La maîtresse dit souvent : « Je préférerais faire la classe à trente ouistitis qu'à un seul Benoît-casse-noix. »

Mais voilà que le maître revenait, portant le nouveau tableau. Il a ouvert sa mallette, il en a sorti des vis, des tournevis, un marteau, et en quelques secondes, il a enlevé notre pauvre vieux

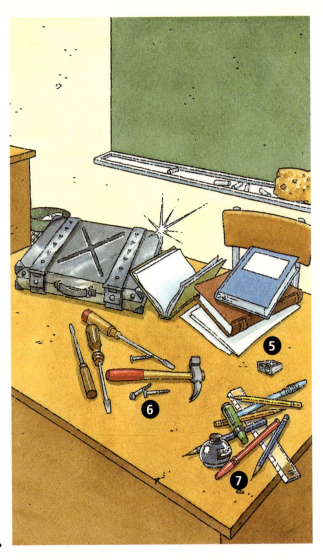

Qu'est-ce que le nouveau maître a sorti de sa mallette ?

tableau et il a fixé le nouveau.

Comme il brillait, le tableau Diabolo ! Il étincelait… Brr… On aurait cru qu'il riait de toutes ses dents.

Le maître a déclaré :

– Sur ce tableau ultramoderne, pas besoin de craie. Regardez. Il suffit de l'effleurer du doigt. Je vais écrire mon nom.

Il a légèrement frôlé le tableau et on a pu lire : « MONSIEUR ROGNE » souligné deux fois.

M. Rogne a dit, en nous regardant fixement :

– Je vais faire l'appel. Ainsi le tableau Diabolo pourra mettre tous vos noms en mémoire, car il enregistre les sons. Quand il aura enregistré vos noms, il vous interrogera, l'un après l'autre, dans l'ordre qu'il voudra. Car il parle. Parfaitement. Il parle.

3

Mais tandis que M. Rogne nous donnait ses explications, le tableau se comportait de manière bizarre : le mot ROGNE se transformait peu à peu ! On a d'abord lu COGNE, puis GROGNE, puis GROGNON, puis TROGNON, puis ROGNON.

– Monsieur ! Monsieur Rognon ! s'est écrié Lazare. Monsieur Rognon, regardez, le tableau écrit tout faux.

M. Rogne a regardé. Il a semblé contrarié.

– Mmm, a-t-il grommelé, il manque juste

une dernière mise au point... Bof... Rien de grave pour un bricoleur comme moi...

Il a donc fait l'appel, puis il s'est plongé dans sa notice, tout en déclarant :

– Tableau Diabolo, interroge ces élèves. Leçon numéro un, voyons, demande-leur de trouver et d'écrire des mots en... en...

J'ai fait « ouille ! » et M. Rogne a ordonné d'un ton sec :

– Très bien. Demande-leur des mots en « ouille ».

On a entendu une espèce de cliquetis, comme un petit bruit d'engrenage, et soudain j'ai cru mourir parce que le tableau a dit, d'une voix d'outre-tombe :

– Léonard Bonnard ! À toi !

Ça résonnait comme si ça sortait d'un égout. J'ai regardé à droite, j'ai regardé à gauche, pour voir s'il n'y avait pas d'autres Léonard Bonnard dans la classe, mais non, toute la classe avait les yeux fixés sur moi. Cette fois-ci, je l'avoue, je méritais mon surnom de Nanard-le-froussard. C'est à peine si j'ai eu la force de me lever. Ma tête tournait. Ma vue se brouillait. Me voici enfin tout près du tableau Diabolo. Une voix de robot enrhumé m'ordonne :

– Léonard ! Écris des mots qui se terminent en « ouille ».

Je bredouille :

– Des quoi ?

Qui est le premier élève interrogé par le tableau ?

Je sais que c'est facile, pourtant, rien ne me vient… Mon cerveau est de la ratatouille. Je tremble comme une grenouille. Je bafouille. Je lève la main et voilà que sous mon doigt un mot s'inscrit sur le tableau : ANDOUILLE.

Le tableau vient d'afficher ma note : 10/10. Et M. Rogne qui a levé un œil me dit :

– Très bien, Léonard.

Je reviens à ma place, sain et sauf. Ouf ! Je crois bien que le tableau a répondu tout seul. N'empêche, je suis si ému que je ne retrouve plus ma place et je manque m'asseoir sur les genoux d'Émilie.

La fois suivante, le tableau a interrogé

Aminata. Elle a marmonné :

– À nous deux, Diabolo à l'eau…

Nous admirions son courage. Le tableau lui a dit :

– Écris la phrase suivante : JE FAIS UNE GLACE À DEUX BOULES.

Aminata a dit « fastoche ! » et elle s'est empressée d'écrire, du bout du doigt, en tirant la langue pour mieux s'appliquer. Alors on a lu la phrase suivante : JE FAIS LA CLASSE À DEUX POULES !

– Ooooh ! a fait Aminata.

– Ooooh ! a fait la classe.

M. Rogne a levé le nez mais comme 10/10 venait de s'afficher, il a dit :

– Bien, Aminata, retourne à ta place.

Aminata est revenue à sa place en levant les deux bras en signe de triomphe, comme une championne.

C'est super, un tableau qui écrit tout faux et qui vous met 10/10 !

– Monsieur ! Monsieur Rognichon ! Le tableau a noté tout faux ! a crié Lazare.

Lazare, c'est le meilleur élève de la classe.

– Toi, là-bas, tais-toi, a marmonné le maître, qui farfouillait toujours dans sa notice.

Qui entre dans la classe ?

4

Tout à coup, on a entendu un bruit de coups. Était-ce le tableau qui se détraquait, qui devenait enragé ? Mais non ! On frappait à la porte ! Et soudain on a vu entrer un monsieur à moustaches et à lunettes qui ressemblait à un détective. Il a rugi :

– Je suis Monsieur Courgette. Inspecteur Courgette.

M. Rogne a bondi sur l'estrade avec un grand sourire :

– Monsieur l'inspecteur, vous arrivez au

bon moment. Vous allez assister à une démonstration surprenante, grâce au tableau que j'ai eu le plaisir de fabriquer moi-même. Quinze ans d'efforts. Une réussite totale. M. Courgette, vous allez pouvoir tester un tableau qui parle, qui pose les questions, qui corrige les réponses et qui punit les mauvais élèves.

M. Courgette s'est laissé tomber sur une chaise au fond de la classe et sa moustache a frémi :

– Ah ? Oh ? Voyons, voyons… pas possible ! C'est une révolution technologique ! Je veux voir ça ! a-t-il hoqueté.

M. Rogne s'est tourné vers nous :

– Y a-t-il un volontaire pour essayer le

tableau devant monsieur l'inspecteur ?

Tout le monde baissait les yeux, sauf Lazare, qui répétait entre ses dents de hamster :

– Mais... Monsieur, il déraille, votre tableau...

M. Rogne lui a dit, l'air menaçant :

– Tu protestes ? Bon... Je t'interroge !

Et il lui a ordonné, en se frottant les mains :

– Viens écrire un texte, n'importe lequel. Si tu fais la moindre faute de français, la moindre incorrection, le tableau Diabolo te... te... euh... hé hé... hi hi... nous verrons bien. Monsieur l'inspecteur, regardez bien...

Quel dessin représente ce que Lazare a écrit au tableau ?

Lazare n'avait pas peur : il ne fait jamais de faute, il ne sait même pas ce que c'est qu'une faute. Il a bondi au tableau. Arrivé sur l'estrade, il s'est mis à sautiller comme s'il s'apprêtait à foncer pour un sprint. Il a annoncé bien haut :

– Je vais vous écrire tout ce que j'ai fait ce matin, avant de venir à l'école.

Il a écrit à toute vitesse, comme d'habitude, et voici ce qu'on a pu lire :

« Ce matin, je me suis lavé la tronche, j'ai peigné mes tifs, j'ai croqué mon frichti, j'ai mis mes fringues et... »

Lazare a protesté :

– Misère ! Ce Diabolo écrit tout en argot !

Le tableau a écrit « Zéro sur dix ! » puis il s'est mis à vibrer et le dessin d'une énorme bombe est apparu sur l'écran.

Au fond de la classe, M. Courgette s'était redressé et ses yeux ressemblaient eux aussi à des bombes. Soudain, le tableau a lancé un éclair en zigzag et Lazare a sauté en l'air.

– Vous avez vu, a dit M. Rogne d'un air triomphant. Vous avez vu, Monsieur l'inspecteur, comme ce tableau Diabolo fonctionne bien ? Avec lui, les mauvais élèves sont terrorisés et ils sont obligés de se mettre au travail.

Pauvre Lazare ! Pour la première fois de sa vie, il se faisait traiter de mauvais élève !

– Mais, Monsieur, disait-il…

– Tais-toi ! a crié M. Rogne. Si mon tableau montre une bombe, c'est que tu es nul. Va à ta place.

Lazare est revenu à sa place en jurant qu'il se plaindrait à son père, et même au Président de la République, pour son zéro.

5

L'inspecteur a bondi, il a dit :

– Passionnant, passionnant… Je vais proposer… euh… voyons, du calcul.

Il s'est hissé sur l'estrade, il a écrit l'énoncé d'un problème, mais ensuite il s'est immobilisé, pareil à un canard qui aurait trouvé une chaussette. Car voici ce qu'on pouvait lire :

MME COURGETTE ACHÈTE TROIS TUBES DE COURGETTES À 5 F LA COURGETTE. COMBIEN MME COURGETTE A-T-ELLE PAYÉ POUR SES COUCOURGICOUNETTES ?

L'inspecteur, ahuri, collait son nez contre le tableau. Soudain, celui-ci s'est couvert de petites têtes de diables ricanants, aux dents pointues, qui couinaient : « Répondez ! Répondez ! ». Mais l'inspecteur ne pouvait pas répondre. Il protestait :

– Ce tableau, c'est de la camelote !

– Zéro sur dix ! a coassé le tableau.

Des bombes sont apparues partout et des décharges électriques ont zébré la pièce. Elles étaient rouges comme les flammes de l'enfer et M. Courgette dansait sur place parmi les éclairs qui le picotaient. Moi même, j'ai senti un chatouillis sur mon front et je me suis

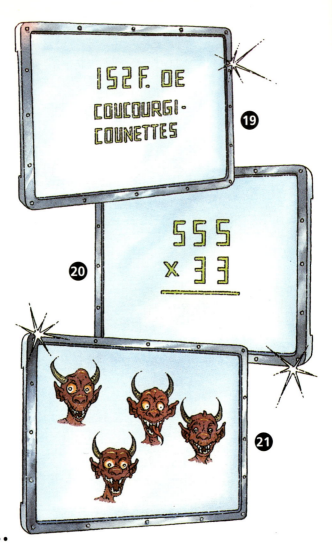

Que fait le tableau après avoir affiché le problème ?

presque évanoui. M. Courgette criait :

– M. Rogne. Arrêtez ce bazar tout de suite. C'est très dangereux. Oh ! un début d'incendie… Faites évacuer… Aïe ! Vite ! Les pompiers !

– Attendez, haletait M. Rogne, le nez dans sa notice. Je cherche la formule pour l'arrêter, mais je suis si ému que je perds la tête…

C'est alors que la voix du tableau est devenue énorme. Elle a rugi comme un orage :

– La formule, la voici !

Des lettres se sont mises à envahir l'écran et personne n'y comprenait rien. Il y avait des A… des O… des T… des F…

des C... qui gigotaient au milieu de taches blanches.

L'inspecteur a couru se réfugier au fond de la classe. Courbé en deux, comme un chasseur à l'affût, il fixait le tableau sans rien comprendre. Les lettres avaient des lueurs menaçantes parmi les points d'exclamation qui le sillonnaient : E C ! H V ! ! F A C ! ! ! O T ! ! ! !

Tout à coup, j'ai hurlé :

– J'ai tout compris !

Et j'ai lu, d'une voix frémissante :

– E C veut dire « essai ». H V veut dire « achevé ». F A C veut dire « effacer ». O T veut dire « ôter ».

– Tout juste ! a dit Diabolo.

Il s'est calmé d'un coup, ses bombes et ses éclairs ont disparu, une mignonne tête de diable gentil est apparue sur l'écran et tout est rentré dans l'ordre.

M. Rogne a effacé le tableau et il l'a ôté du mur. Ouf !

M. Rogne était pâle comme un cachet. Il y a eu un grand silence, puis M. Courgette est venu vers moi et il m'a dit :

– Mon cher enfant, pour te remercier, je vais te décorer.

Et il m'a donné un pin's sur lequel on pouvait lire : « 10/10 ». Il l'a agrafé lui-même, en plein sur l'oreille du Mickey de mon tee-shirt et j'ai gonflé le torse.

À ce moment, on a frappé et Mme

Qu'est-ce que l'inspecteur agrafe sur le tricot de Nanard-le-froussard ?

Bégonia est apparue. J'étais ravi qu'elle me voie en plein triomphe.

– Je passais juste, a-t-elle dit. J'avais oublié un cahier… Oh, mais ! Le beau tableau ! Quelle bonne idée vous avez eue de remplacer notre tableau usé ! Vivement après-demain, que je revienne m'en servir…

À ces mots, tout le monde s'est mis à crier :

– Non ! Non ! Non !

Mme Bégonia a eu l'air affolé. Elle est partie à reculons, comme si elle échappait à un asile de fous… On espère bien qu'elle va quand même revenir, notre maîtresse. On l'aime tant.

Que signifient les deux lettres R.O. ?

N'empêche, à la sortie, tous les copains sont accourus vers moi. Un peu plus, je leur signais des autographes. Ils m'ont acclamé, ils ont dit :

– Nanard, tu n'es pas Nanard-le-froussard !

– Et alors, qui suis-je ? ai-je demandé.

– Un « R. O. », m'ont-ils écrit sur un papier.

Je l'ai épinglé sur mon tee-shirt. Quelle victoire ! Ça m'a fait deux médailles dans la même journée.

1
tester les enfants
Mesurer ce qu'ils savent.

2
une **mallette**

3
il a **maugréé**
Il a grogné entre ses dents, parce qu'il est de mauvaise humeur.

4
je l'ai **conçu**
Je l'ai inventé.

5
épouvanté
Très effrayé.

6
chahuter
Faire du bruit dans une classe.

7
j'ai **bredouillé**
J'ai parlé en bégayant et il était difficile de comprendre ce que je disais.

8
effleurer
Toucher légèrement.

9
il a **grommelé**
Il a grogné entre ses dents.

10
une voix d'**outre-tombe**
Une voix qui fait très peur parce qu'on croirait que c'est la voix des morts.

11
sain et sauf
En bonne santé et sauvé : il ne lui est rien arrivé.

12
farfouiller
Chercher en mélangeant tout.

13
un **détective**
C'est une personne chargée d'enquêtes policières.

14
une **démonstration**
Une expérience pour montrer ce que le tableau sait faire.

15
sa moustache a **frémi**
Elle a tremblé légèrement.

16
une **révolution technologique**
Un progrès technique.

17
hoqueter
Parler avec des hoquets dans la voix.

18
le tableau **déraille**
Il fonctionne n'importe comment.

19
il écrit en **argot**
Il écrit avec des mots interdits à l'école.

20
il s'est **hissé**
Il a grimpé.

21
des diables **ricanants**
Ils rient d'un air moqueur et méchant.

22
de la **camelote**
Un produit de mauvaise qualité.

23
le tableau a **coassé**
Il a fait le bruit d'une grenouille.

24
il **haletait**
Il respirait très vite.

25
un **tee-shirt**
(*ti-cheur-t'*)

le **torse**
Les épaules et la poitrine.

26
un **autographe**
Un mot aimable et signé.

Pour t'aider à lire

45

Les aventures du rat vert

- 1 Le robot de Ratus
- 3 Les champignons de Ratus
- 6 Ratus raconte ses vacances
- 8 Ratus et la télévision
- 15 Ratus se déguise
- 19 Les mensonges de Ratus
- 21 Ratus écrit un livre
- 23 L'anniversaire de Ratus
- 26 Ratus à l'école du cirque
- 29 Ratus et le sapin-cactus
- 36 Ratus et le poisson-fou
- 1 Ratus chez le coiffeur
- 2 Ratus et les lapins
- 9 Ratus aux sports d'hiver
- 13 Ratus pique-nique
- 23 Ratus sur la route des vacances
- 27 La grosse bêtise de Ratus
- 38 Ratus chez les robots
- 8 La classe de Ratus en voyage
- 12 Ratus en Afrique
- 16 Ratus et l'étrange maîtresse
- 26 Ratus à l'hôpital
- 29 Ratus et la petite princesse
- 31 Ratus et le sorcier
- 33 Ratus gardien de zoo

Les aventures de Mamie Ratus

- 7 Le cadeau de Mamie Ratus
- 3 Les parapluies de Mamie Ratus
- 8 La visite de Mamie Ratus
- 31 Le secret de Mamie Ratus
- 5 Les fantômes de Mamie Ratus

Ralette, drôle de chipie

- 10 Ralette au feu d'artifice
- 11 Ralette fait des crêpes
- 13 Ralette fait du camping
- 18 Ralette fait du judo
- 22 La cachette de Ralette
- 24 Une surprise pour Ralette
- 28 Le poney de Ralette
- 38 Ralette, reine du carnaval
- 4 Ralette n'a peur de rien
- 6 Mais où est Ralette ?
- 20 Ralette et les tableaux rigolos
- 11 Ralette au bord de la mer
- 34 Ralette et l'os de dinosaure

Les histoires de toujours

- 27 Icare, l'homme-oiseau
- 32 Les aventures du chat botté
- 35 Les moutons de Panurge
- 37 Le malin petit tailleur
- 26 Le cheval de Troie
- 32 Arthur et l'enchanteur Merlin
- 36 Gargantua et les cloches de Notre-Dame
- 21 L'extraordinaire voyage d'Ulysse
- 27 Robin des Bois, prince de la forêt
- 36 Les douze travaux d'Hercule

Super-Mamie et la forêt interdite

- 39 Super-Mamie, maîtresse magique
- 37 Le mariage de Super-Mamie

L'école de Mme Bégonia

- 11 Drôle de maîtresse
- 14 Au secours, le maître est fou !
- 16 Le tableau magique
- 25 Un voleur à l'école
- 33 Un chien à l'école

La classe de 6^e

- 14 La classe de 6e et les hommes préhistoriques
- 17 La classe de 6e tourne un film
- 24 La classe de 6e au Futuroscope
- 30 La classe de 6e découvre l'Europe
- 35 La classe de 6e et les extraterrestres

Achille, le robot de l'espace

- 31 Les monstres de l'espace
- 33 Attaque dans l'espace
- 34 Les pirates de l'espace
- 19 Les pièges de la cité fantôme

Collection Ratus Poche

Collection Ratus Poche

Baptiste et Clara

- 30 Baptiste et le requin
- 35 Baptiste et Clara contre le vampire
- 37 Baptiste et Clara contre le fantôme
- 40 Clara et la robe de ses rêves
- 22 Baptiste et Clara contre l'homme masqué
- 32 Baptiste et le complot du cimetière

Les enquêtes de Mistouflette

- 9 Mistouflette et le trésor du tilleul
- 30 Mistouflette sauve les poissons
- 34 Mistouflette contre les chasseurs
- 5 Mistouflette et les tourterelles en danger
- 24 Mistouflette enquête au pays des oliviers
- 1 Mistouflette contre les voleurs de chiens
- 7 Mistouflette et la plante mystérieuse

Hors séries

- 2 Tico fait du vélo
- 4 Tico aime les flaques d'eau
- 5 Sino et Fanfan au cinéma
- 12 Le bonhomme qui souffle le vent
- 7 Mon copain le monstre
- 19 Le petit dragon qui toussait
- 28 Nina et le vampire
- 2 Les malheurs d'un pâtissier
- 3 Karim et l'oiseau blanc
- 4 Timothée et le dragon chinois
- 6 Le facteur tête en l'air
- 9 Romain, graine de champion
- 10 Le trésor des trois marchands
- 15 Une nuit avec les dinosaures

Conception graphique couverture : Pouty Design
Conception graphique intérieur : Jean Yves Grall • mise en page : Atelier JMH

Imprimé en France par Pollina, 84 500 Luçon - n° 88742
Dépôt légal n° 30510 - Janvier 2003